CATALOGUE

D'UNE BELLE COLLECTION

DE

TABLEAUX

ANCIENS & MODERNES

DES

Écoles Italienne, Française, Hollandaise et Espagnole

DONT LA VENTE AUX ENCHÈRES PUBLIQUES AURA LIEU

HOTEL DES VENTES, RUE DROUOT, 5

Le Mardi 8 Juillet 1862

UNE HEURE DE RELEVÉE

Par le ministère de : 1° Me **DELBERGUE-CORMONT**,
Commissaire-Priseur, demeurant à Paris, rue de Provence, 8,
Et 2° Me **Auguste LANGOIT**, son Confrère,
demeurant à Paris, rue de Choiseul, 5,
Assistés de : 1° **M. Jules THÉRET**, Expert, demeurant à Paris,
rue de Buffault, 13,
Et de : 2° **M. DHIOS**, Expert, demeurant à Paris,
rue Le Peletier, 33,
Chez lesquels se délivre le présent Catalogue.

EXPOSITION PUBLIQUE

Le Lundi 7 Juillet 1862, de une heure à cinq heures.

PARIS

RENOU & MAULDE

IMPRIMEURS DE LA COMPAGNIE DES COMMISSAIRES-PRISEURS
rue de Rivoli, 144.

1862

CATALOGUE

D'UNE BELLE COLLECTION

DE

TABLEAUX

ANCIENS & MODERNES

DES

Écoles Italienne, Française, Hollandaise et Espagnole

DONT LA VENTE AUX ENCHÉRES PUBLIQUES AURA LIEU

HOTEL DES VENTES, RUE DROUOT, 5

GRANDE SALLE N° 7

Le Mardi 8 Juillet 1862

UNE HEURE DE RELEVÉE

Par le ministère de : 1° M° **DELBERGUE-CORMONT,**
Commissaire-Priseur, demeurant à Paris, rue de Provence, 8,
Et 2° M° **Auguste LANGOIT,** son Confrère,
demeurant à Paris, rue de Choiseul, 5,
Assistés de : 1° **M. Jules THÉRET**, Expert, demeurant à Paris,
rue de Buffault, 13,
Et de : 2° **M. DHIOS,** Expert, demeurant à Paris,
rue Le Peletier, 33,
Chez lesquels se délivre le présent Catalogue.

EXPOSITION PUBLIQUE

Le Lundi 7 Juillet 1862, de une heure à cinq heures

PARIS

RENOU & MAULDE

IMPRIMEURS DE LA COMPAGNIE DES COMMISSAIRES-PRISEURS

Rue de Rivoli, 144

—

1862

DÉSIGNATION

DES TABLEAUX

BOSSE (Abraham).

1 — Scène d'intérieur, époque Louis XIII.

GOLTZIUS.

2 — Le Baiser de Judas.

SUBLEYRAS.

3 — La Communion.

SOLIMÈNE.

4 — Sujet biblique.

Mlle GÉRARD.

5 — Portrait de jeune femme dans son intérieur.

ECOLE ITALIENNE.

6 — Instruments de musique et nature morte.

JORDAENS.

7 — Loth et ses filles.

CONDITIONS DE LA VENTE.

Elle se fera au comptant.

Les adjudicataires paieront cinq centimes par franc, applicables aux frais, en sus des enchères.

DÉSIGNATION

DES TABLEAUX

BOSSE (Abraham).

1 — Scène d'intérieur, époque Louis XIII.

GOLTZIUS.

2 — Le Baiser de Judas.

SUBLEYRAS.

3 — La Communion.

SOLIMÈNE.

4 — Sujet biblique.

Mlle GÉRARD.

5 — Portrait de jeune femme dans son intérieur.

ECOLE ITALIENNE.

6 — Instruments de musique et nature morte.

JORDAENS.

7 — Loth et ses filles.

TITIEN (École du).

8 — Suzanne et les Vieillards.

PROCACCINI.

9 — Saturne dévorant ses enfants.

ÉCOLE ITALIENNE.

10 — L'Incendie de Troie.

BABIANI.

11 — La Multiplication des pains.

PANINI.

12 — Intérieur de temple, représentant l'Incrédulité de saint Thomas.

DU MÊME.

13 — Intérieur de temple, représentant la Femme adultère.

Ces deux tableaux font pendant.

ÉCOLE ITALIENNE.

14 — Apparition de la Vierge au pape Jules II.

ÉCOLE FLAMANDE.

15 — Nature morte. — Deux tableaux faisant pendant.

ÉCOLE ITALIENNE.

16 — Allégorie biblique.

LUCAS JORDANO.

17 — Vénus sur les eaux.

ÉCOLE ITALIENNE.

18 — David devant Saül et son pendant.

CARAVAGE.

19 — Le Christ au roseau.

ÉCOLE ITALIENNE.

20 — Le Sacrifice d'Iphigénie.

MÊME ÉCOLE.

21 — Épisode de la vie de Diane.

ÉCOLE DE FONTAINEBLEAU.

22 — Adam et Ève.

PIOLLA.

23 — L'Adoration des Mages.

GUIDE (Ecole du)

24 — Allégorie mythologique.

PIOLLA.

25 — Allégorie. — La Peinture.

VAN DEN BOCHS.

26 — L'Atelier d'un sculpteur.

ÉCOLE FLAMANDE.

27 — Tableau de salle à manger.

ÉCOLE ITALIENNE.

28 — Motif de plafond.

RUBENS ET BREUGHEL DE VELOURS.

29 — Diane et ses Nymphes endormies.

VAN DELEN.

30 — Extérieur de palais. — Deux tableaux faisant
pendant.

REGNAULT (le Baron).

31 — Psyché et l'Amour.

BLANCHARD (Pharamond), Madrid, 1834.

32 — La Confession.

VANLOO.

33 — Le Sommeil de Vénus.

VAN BLOÉMEN.

34 — La Famille de Noé.

SAUVAGE.

35 — Dessus de porte en grisaille.

ÉCOLE ITALIENNE.

36 — L'Enlèvement des Sabines.

BAPTISTE.

37 — Vase de fleurs.

GRIVELLI.

38 — La Vierge et l'Enfant Jésus entourés de Saints.
A ses pieds sont agenouillés les donataires.

Tableau capital et d'une belle conser-
vation.

ÉCOLE FRANÇAISE.

39 — La Rosalba.

MARATTE (Carle).

40 — L'Annonciation.

ÉCOLE HOLLANDAISE.

41 — Gibier et Fleurs posés sur une table.
Deux tableaux faisant pendant.

DUBUFF (d'après).

42 — Le Souvenir.

ÉCOLE VENITIENNE.

43 — Vénus et Adonis.

ÉCOLE FRANÇAISE.

44 — Médaillons en grisaille, entourés de fleurs et
d'oiseaux.

Deux pendants.

TITIEN (d'après le).

45 — Danaé.

BLOEMART.

46 — Sujet allégorique.

LEBRUN (École de).

47 — Composition historique.

VAN DER MEULEN.

48 — Vue du château et du parc de Versailles.

RAOUX.

49 — Le Concert.

MONCALVO.

50 — La Vierge et l'Enfant Jésus entourés d'Anges.

ÉCOLE FRANÇAISE.

51 — Pygmalion.

ÉCOLE ITALIENNE.

52 — Loth et ses Filles.

JORDANO (Lucas).

53 — Bacchus et Ariane.

ÉCOLE ITALIENNE.

54 — Sujets allégoriques. Deux tableaux faisant pen-
    dant.

CHEVALIER MALTAIS.

55 — Vases d'or, Aiguières et Plats, sur un tapis de
Smyrne.

NAPOLITAIN (Philippe).

56 — Vue d'un camp. Compositions capitales. Deux
tableaux faisant pendant.

DUBOIS.

57 — Exécution historique au xve siècle.

RUBENS (École de).

58 — Martyre d'une sainte.

JORDAENS.

59 — Vénus implorant Neptune.

VERDIER.

60 — Corialan se rendant aux prières de sa mère.

CHAMPAIGNE (D'après Phillippe de).

61 — Les Sœurs Arnault.

BONNIEU.

62 — Allégorie de la Révolution française.

OUDRY.

63 — Paysage avec canards et faisans effrayés par un
épervier.

LEMOINE.

64 — Triomphe de Neptune et d'Amphitrite.

ÉCOLE ITALIENNE.

65 — Le Massacre des innocents.

BOL (FERDINAND. Signé et daté 1661).

66 — Céphale et Procris.

DESMOULINS (AUGUSTE. Signé et daté 1827).

67 — Duguesclin recevant l'épée de connétable. Ce
tableau a figuré à l'exposition de 1827, sous
le numéro 1456.

MIRWELT.

68 — Portrait d'homme à collerette (cuivre).

ÉCOLE FRANÇAISE.

69 — Dix-neuf portraits hommes et femmes du siècle
de Louis XIV, de forme ovale, avec leurs bor-
dures sculptées.

70 — Environ vingt-cinq portraits des époques
Louis XIV, Louis XV et Louis XVI.

DESSINS

LEPRINCE (Xavier, 1821).

71 — Épisodes de la vie d'Henri IV. (Sépia.)

BOILLY.

72 — Scènes familières. Deux pendants.

ÉCOLE DE L'EMPIRE.

73 — La Reine de Westphalie.

DUTAILLY (1796).

74 — Le Rendez-Vous et les Adieux. Scènes familières. (Gouaches.)

WILL.

75 — Les Regrets inutiles.

GREUZE.

76 — Étude à la sanguine.

ÉCOLE FRANÇAISE.

77 — Portraits de femmes. Deux miniatures.

BAILLY.

78 — Portrait de Mlle Allart, de l'Opéra.

SCHENAU.

79 — La Cuisinière.

80 — Huit gouaches représentant des fruits.

81 — Sous ce numéro seront vendus les articles non
catalogués.

⋙⋘

Renou et Maulde, imprimeur de la Compagnie des Commissaires-Priseurs,
rue de Rivoli, 144   13105